# Os Argonautas

ilustrações
Igor Machado

projeto gráfico
Luisa Baeta

Ana Maria Machado

1ª edição

série
7 MARES

© Ana Maria Machado, 2013

**Coordenação editorial** Maristela Petrili de Almeida Leite
**Edição de texto** Carolina Leite de Souza, Marília Mendes
**Coordenação de produção gráfica** Dalva Fumiko
**Coordenação de revisão** Elaine Cristina del Nero
**Revisão** Nair Hitomi Kayo
**Coordenação de edição de arte** Camila Fiorenza
**Projeto gráfico e capa** Luisa Baeta
**Ilustrações de capa e miolo** Igor Machado
**Tratamento de imagens** Arleth Rodrigues
**Diagramação** Cristina Uetake, Elisa Nogueira
**Pré-impressão** Alexandre Petreca, Everton L. de Oliveira Silva, Helio P. de Souza Filho, Marcio H. Kamoto,
**Coordenação de produção industrial** Wilson Aparecido Troque
**Impressão e acabamento** EGB - Editora Gráfica Bernardi - Ltda.

**Dados Internacionais de Catalogação na Publicação (CIP)**
**(Câmara Brasileira do Livro, SP, Brasil)**

Machado, Ana Maria
  Os argonautas / Ana Maria Machado ;
ilustrações Igor Machado. — 1. ed. — São Paulo :
Moderna, 2013. — (Série sete mares)

  ISBN 978-85-16-08540-7

  1. Literatura infantojuvenil. I. Machado, Igor.
II. Título. III. Série.

13-03457                    CDD-028.5

DE ACORDO COM AS NOVAS NORMAS ORTOGRÁFICAS

Índices para catálogo sistemático:
  1. Literatura infantil   028.5
  2. Literatura infantojuvenil   028.5

Reprodução proibida. Art.184 do Código Penal e Lei 9.610 de 19 de fevereiro de 1998.

Todos os direitos reservados

**EDITORA MODERNA LTDA.**
Rua Padre Adelino, 758 - Belenzinho
São Paulo - SP - Brasil - CEP 03303-904
Vendas e Atendimento: Tel. (11) 2790-1300
Fax (11) 2790-1501
www.moderna.com.br
2013
*Impresso no Brasil*

Minha vida, ai, ai, ai,
É um barquinho, ai,ai,ai,
Navegando por mares estranhos
Quem me dera, ai, ai, ai,
Que eu tivesse, ai, ai, ai,
O farol de teus olhos castanhos

*Serenô*, canção folclórica.

Uma das mais famosas aventuras marítimas de todos os tempos começou em terra, na antiga Grécia, na Tessália, e se estendeu até a Cólquida, na Turquia.

O menino Jasão era um órfão que frequentava a escola do centauro Quíron, junto com outros futuros heróis e grandes guerreiros. Lá aprendeu que era o herdeiro do trono de Iolco, usurpado de seu pai por seu tio, Pélias, à frente de um grande exército. Quando cresceu, resolveu exigir o que era seu.

No caminho, encontrou uma velha à beira de um rio agitado, sem conseguir atravessá-lo. Jasão a ajudou e, na outra margem, ela se transformou. Revelou-se uma mulher gloriosa e jovem, acompanhada de um magnífico pavão. Era a deusa Juno, que então lhe prometeu proteção eterna.

Bem que Jasão ia precisar.

Quando chegou a Iolco e se apresentou no palácio de Pélias, o tio percebeu que corria perigo, como os oráculos já tinham lhe anunciado. Mas fingiu receber o sobrinho de braços abertos e lhe ofereceu um banquete enquanto planejava sua morte.

Durante o banquete, vieram os aedos com suas cítaras e liras. Esses poetas, como era costume nas festas, cantaram canções contando uma história magnífica. Narraram como duas crianças gregas, maltratadas pela madrasta conseguiram escapar, montadas nas costas de um carneiro voador, cujo pelo era todo cacheado, de fios do mais puro ouro. Contaram também como, depois de chegar a salvo na Cólquida, o menino Frixo sacrificara o carneiro para agradecer aos deuses e pendurara a pele dele, bem esticada, sob um carvalho, guardado dia e noite por um terrível dragão que não dormia. Lá estava desde então esse pelame, conhecido como o Velocino de Ouro, à espera de algum herói que o resgatasse.

Então Pélias disse a Jasão que lhe devolveria o trono de seu pai.

– Mas, primeiro, quero que você me traga o Velocino de Ouro.

E Jasão se entusiasmou com a ideia de ir buscá-lo.

Primeiro, foi ao templo de Juno pedir apoio. A deusa lhe deu o galho de um carvalho mágico para que ele esculpisse uma figura de proa protetora. E pediu à deusa Atenas que o ajudasse a ter a melhor embarcação que o mundo já conhecera – o Argos, de cinquenta remos, feito com a melhor madeira existente.

§ 11

Jasão então mandou chamar os jovens que haviam estudado com Quíron. Com eles, formou uma tripulação de heróis como jamais se viu. Vieram muitos. Entre eles, Héracles e Odisseu, Castor e Pólux, Orfeu e Teseu. Ficaram famosos como *Os Argonautas*, os marinheiros do Argos, dispostos a enfrentar todos os perigos para conquistar o Velocino de Ouro.

Nunca antes nem depois se viu um navio tão bom nem com tripulação tão valente.

Assim partiram, com o sopro dos ventos favoráveis mandados por Juno.
Mas sabiam que os perigos à sua frente eram enormes e tantos, que talvez não voltassem nunca mais.

Guiados pelos conselhos da figura esculpida na proa de carvalho e apoiados em sua coragem, enfrentaram perigos terríveis e aventuras fantásticas.

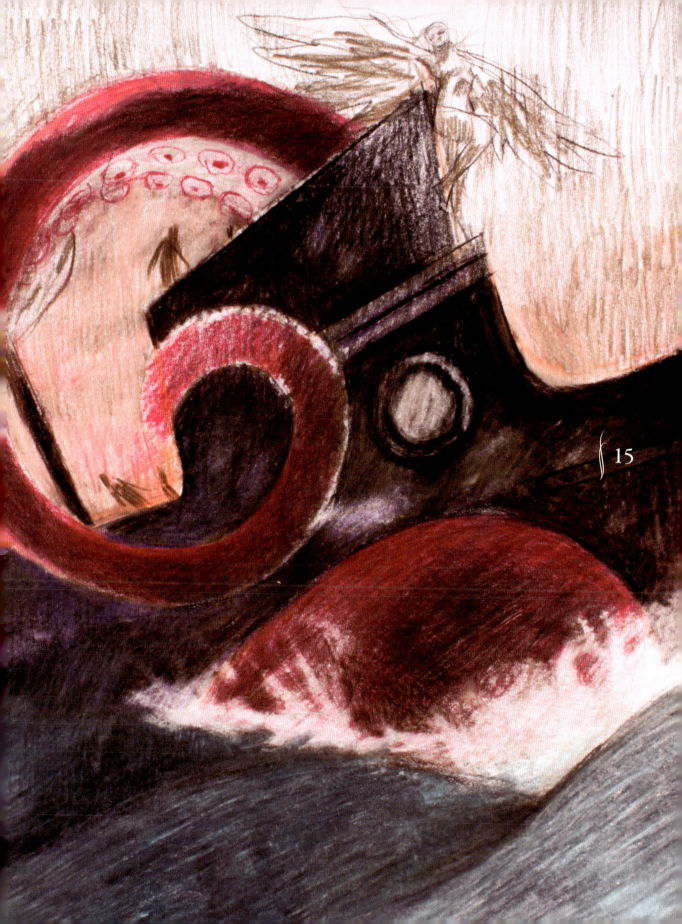

Uma das primeiras foi na altura de Lemnos. Mais ou menos um ano antes, as mulheres dessa ilha, para se vingar de seus maridos que haviam trazido da Trácia outras mulheres para substituí-las, tinham matado todos os homens do lugar. Só se salvou o rei, porque a filha dele, Hipsípile, o ajudou a fugir num bote. Quando o Argos se aproximou da praia, elas acharam que o rei que escapara poderia estar vindo com um exército vingador naquele barco. Vestiram as armaduras dos homens e se prepararam para a guerra.

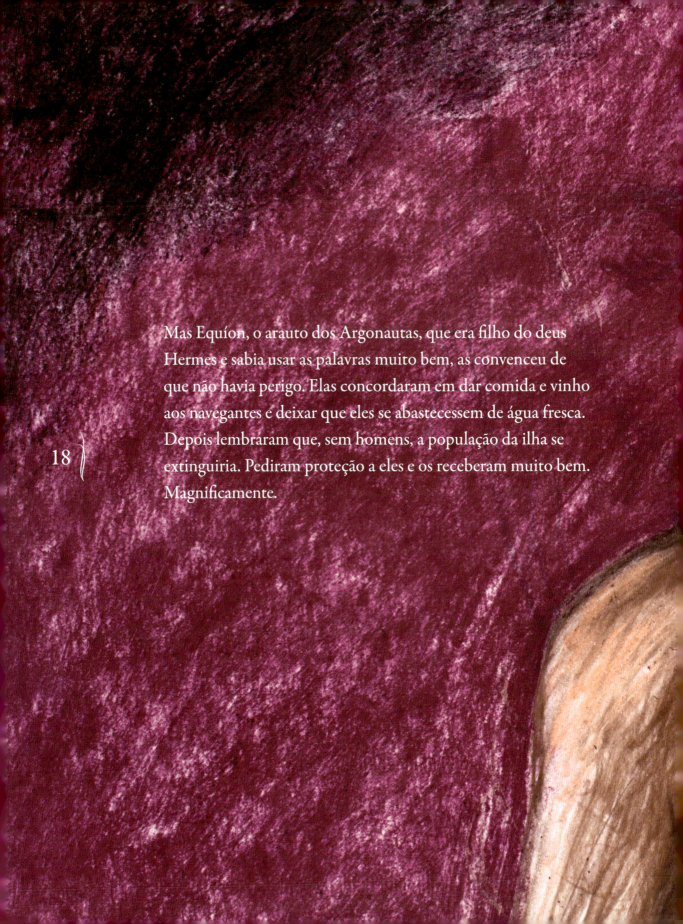

Mas Equíon, o arauto dos Argonautas, que era filho do deus Hermes e sabia usar as palavras muito bem, as convenceu de que não havia perigo. Elas concordaram em dar comida e vinho aos navegantes e deixar que eles se abastecessem de água fresca. Depois lembraram que, sem homens, a população da ilha se extinguiria. Pediram proteção a eles e os receberam muito bem. Magnificamente.

Hipsípile até ofereceu a Jasão o trono de Lemnos. Acabaram tendo dois filhos gêmeos. Os Argonautas ficaram lá por um tempão. Muitos queriam ficar para sempre, mas Héracles não se conformava com aquela desistência. Furioso, obrigou-os a continuar sua busca.

Porém, em outra praia, pouco mais adiante, seu servo Hísias desapareceu. Hércules acabou ficando em terra para procurá-lo. E não o achou nunca, porque as ninfas do pântano o haviam levado consigo em suas águas. O herói acabou abandonando o grupo e voltando para continuar seus doze trabalhos, interrompidos pela viagem dos Argonautas.

Era uma navegação perigosa.

Houve um momento em que os Argonautas se perderam no meio do mar. Tinham enfrentado tantas tempestades, rodado por tantos ventos bravios, se desviado de tantas ondas, que não sabiam mais como chegar à Cólquida a partir de onde estavam. Já tinham perdido alguns remos e tido que fazer outros nas terras onde tocavam. Já tinham trocado mastros, substituído velas, consertado o casco, feito novos cabos.

Por sorte, fizeram uma escala na Trácia, onde vivia Frineu, um adivinho famoso, que poderia orientá-los. Mas levaram um susto ao vê-lo tão magro e fraco.

– Não consigo comer – explicou. – Toda vez que me preparo para colocar alguma coisa na boca, essas harpias horrorosas me arrancam o alimento.

E apontou para o céu.

Os Argonautas então viram uns monstros horrorosos, de garras e dentes horríveis, voando em círculo. Assim que o velho se preparou para comer o alimento que os Argonautas lhe deram, elas se precipitaram sobre ele e levaram a comida.

– Vou morrer de fome...

Por sorte, dois dos Argonautas eram Calais e Zetes, os filhos alados do vento Bóreas. Podiam voar. Levantaram voo com suas espadas e deram combate aos monstros até vencê-los e salvar Frineu. O adivinho então lhes ensinou como poderiam chegar ao Velocino de Ouro.

Antes tinham de passar pelo estreito das Ilhas da Colisão, dois imensos rochedos azuis que flutuavam na superfície do mar, formando um desfiladeiro estreito, e se chocavam com força, esmagando o que estivesse entre eles.

Seguindo os conselhos de Frineu, primeiro eles soltaram uma pomba como uma espécie de isca, para passar voando entre as pedras. Os rochedos logo se aproximaram sobre a ave, que mal conseguiu atravessar, perdendo umas penas da cauda. Assim que as pedras começaram a se afastar, os Argonautas se apressaram: remaram com força e aproveitaram o momento favorável para passar.

Mas a popa do barco foi atingida e eles tiveram que parar para fazer novos reparos antes de chegar à Cólquida. Mais uma vez, foi preciso abater árvores, cortá-las em pranchas e tábuas, envergar e lixar a madeira, fabricar peças novas para que o Argos pudesse seguir viagem.

Finalmente, chegaram.

Jasão explicou sua missão a Etes, o rei local. Ele concordou que os heróis levassem o Velocino de Ouro, mas percebeu que eles podiam ser úteis – e talvez nem conquistassem o tesouro.

Por isso, impôs duas condições. Primeiro, Jasão teria de vencer dois monstros, arando um campo com dois touros de patas de bronze que soltavam fogo pelas narinas. Em seguida, nessa terra devia semear os dentes de um dragão.

Lá no Olimpo, onde viviam os deuses, quando Juno viu aquilo percebeu o perigo que seu protegido corria. Foi à procura de Afrodite e lhe pediu ajuda. A deusa do amor, então, mandou seu filho Eros flechar o coração de Medeia, a filha do rei. A jovem era bonita e feiticeira. E se apaixonou por Jasão.

Diante do altar dos deuses, ofereceu-se para socorrer o herói.

– Se você me ajudar, eu me caso com você – prometeu ele, solene.

Medeia então lhe conseguiu um encantamento, para que durante um dia e uma noite ele não pudesse ser atingido pela respiração de fogo dos touros nem pelas armas de guerreiro algum.

Com esse reforço, o herói foi para o Campo de Marte, que devia arar, enquanto a multidão assistia das colinas próximas, torcendo, como se estivesse na arquibancada de um estádio.

Os touros foram soltos e vinham queimando tudo por onde passavam, em meio a uma fumaceira e a um barulhão de fogueira crepitando. Jasão andou em direção a eles, falando manso.

Acarinhou a cabeça dos animais, alisou seu pelo e os acalmou. Depois, colocou a canga no pescoço deles e os fez puxar o arado que sulcava a terra.

Trabalhou nisso o dia inteiro.

Quando a noite chegou, a terra estava toda arada. Só faltava semear os dentes de dragão. Mas isso era o mais fácil. Pelo menos, era o que Jasão pensava.

Ele não sabia, porém, que daquelas estranhas sementes logo começariam a nascer guerreiros agressivos e fortemente armados, formando um exército disposto a acabar com os gregos.

Era com isso que o rei Etes contava.

Só que Jasão começou a enfrentá-los. De início, individualmente. Um por um. Lutava, derrubava o guerreiro, deixava-o no chão, vencido. Partia para o seguinte. O problema era que, para cada um que caía, dois se levantavam em seu lugar. Assim não havia encantamento que desse jeito.

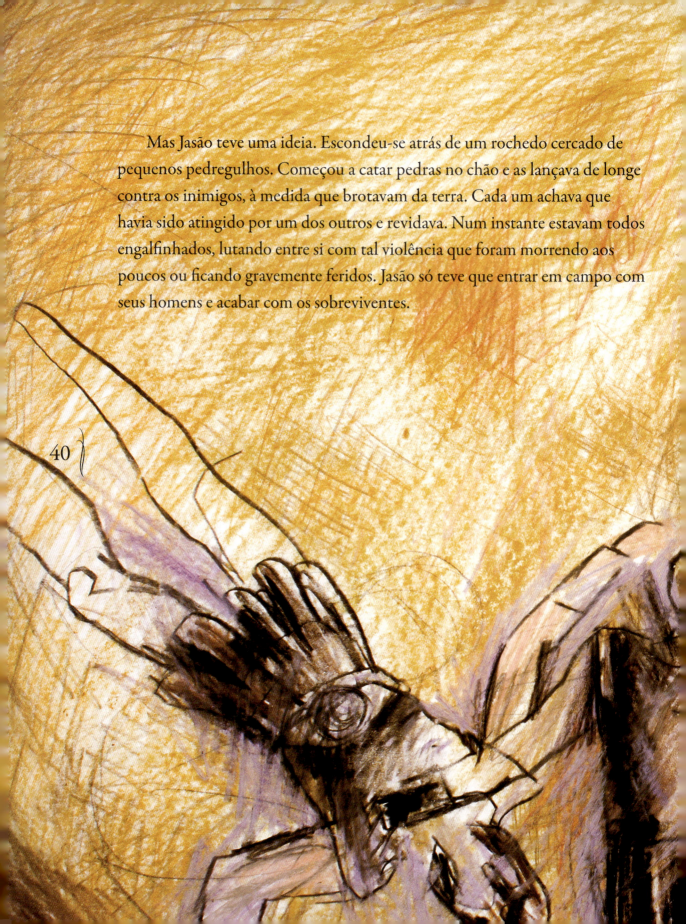

Mas Jasão teve uma ideia. Escondeu-se atrás de um rochedo cercado de pequenos pedregulhos. Começou a catar pedras no chão e as lançava de longe contra os inimigos, à medida que brotavam da terra. Cada um achava que havia sido atingido por um dos outros e revidava. Num instante estavam todos engalfinhados, lutando entre si com tal violência que foram morrendo aos poucos ou ficando gravemente feridos. Jasão só teve que entrar em campo com seus homens e acabar com os sobreviventes.

Os dois desafios de Etes tinham sido vencidos. Mas restava dominar o dragão que guardava o Velocino de Ouro. E depressa, porque o rei já mandara preparar seus exércitos para atacar os Argonautas. E Etes tinha muito mais guerreiros do que eles.

Mais uma vez, a ajuda de Medeia foi preciosa.

– Confie em mim – disse ela. – Dê ordem a seus homens para que deixem o Argos pronto para zarpar. E venha comigo.

Jasão confiou. Munido de um frasco que a feiticeira lhe deu, foi com ela até o bosque onde, pendurado num carvalho, estava o maravilhoso Velocino de Ouro. De longe dava para vê-lo. Brilhava tanto que, se não estivesse na sombra, ofuscaria por completo quem o olhasse. Mas ainda mais brilhante era o fogo lançado pelas ventas do dragão.

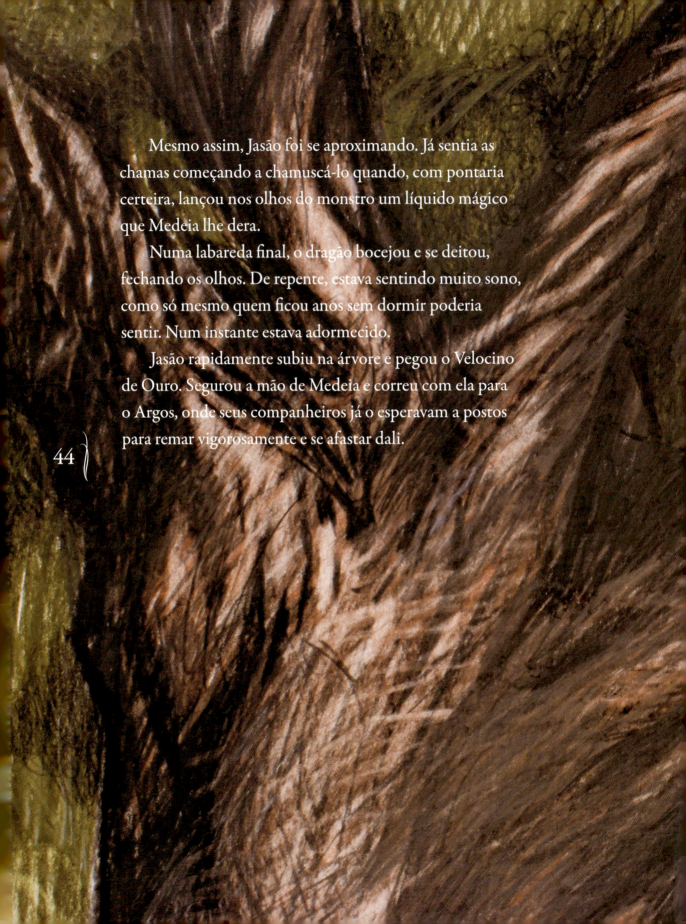

Mesmo assim, Jasão foi se aproximando. Já sentia as chamas começando a chamuscá-lo quando, com pontaria certeira, lançou nos olhos do monstro um líquido mágico que Medeia lhe dera.

Numa labareda final, o dragão bocejou e se deitou, fechando os olhos. De repente, estava sentindo muito sono, como só mesmo quem ficou anos sem dormir poderia sentir. Num instante estava adormecido.

Jasão rapidamente subiu na árvore e pegou o Velocino de Ouro. Segurou a mão de Medeia e correu com ela para o Argos, onde seus companheiros já o esperavam a postos para remar vigorosamente e se afastar dali.

Na viagem de volta a Iolco, ainda enfrentariam novos perigos.

Quase morreram em tempestades terríveis. Mas a figura de proa, feita do carvalho mágico que Juno lhes dera, aconselhou-os. Aquilo era também um castigo. Precisavam se purificar das matanças horrorosas de que tinham participado. Então pararam na ilha de Circe, outra feiticeira, tia de Medeia, e passaram pelos rituais necessários. Só assim puderam seguir com mais tranquilidade.

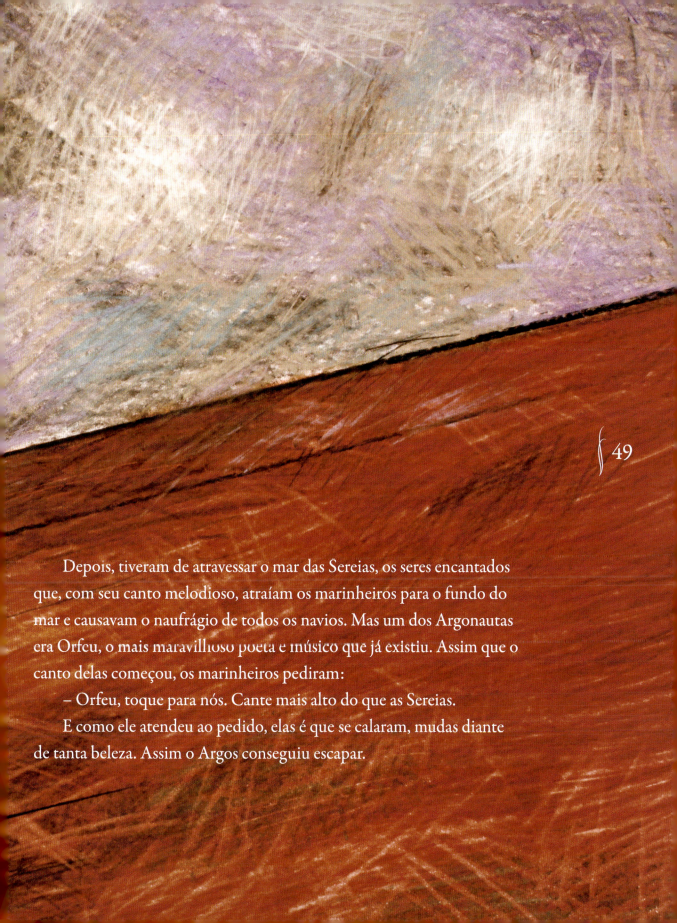

Depois, tiveram de atravessar o mar das Sereias, os seres encantados que, com seu canto melodioso, atraíam os marinheiros para o fundo do mar e causavam o naufrágio de todos os navios. Mas um dos Argonautas era Orfeu, o mais maravilhoso poeta e músico que já existiu. Assim que o canto delas começou, os marinheiros pediram:

– Orfeu, toque para nós. Cante mais alto do que as Sereias.

E como ele atendeu ao pedido, elas é que se calaram, mudas diante de tanta beleza. Assim o Argos conseguiu escapar.

Mas ventos hostis, soprando do norte, afastaram o navio de seu trajeto e acabaram levando o Argos até o litoral da Líbia. Lá, de repente, uma onda gigantesca o levantou do mar e o jogou em terra, bem longe.

Quando o maremoto passou, os Argonautas descobriram que a embarcação estava encalhada no meio do deserto. E como viera raspando por cima dos rochedos, estava muito avariada.

Primeiro os marinheiros tiveram de descobrir um oásis e conseguir madeira para refazer o barco. Até mesmo os cravos que prendiam as tábuas tiveram de ser refeitos. Depois, como estavam muito longe do mar, precisaram carregá-lo nas costas por doze dias, pelas areias escaldantes e debaixo de um sol ardente, até um lago onde nascia um rio. Só então puderam remar por suas águas doces até o oceano.

Os perigos não acabaram aí.

Seguindo viagem, ao passarem por Creta, tiveram que enfrentar Talos, um temível gigante de metal, cujo único ponto vulnerável era no calcanhar. Se não fosse pela proteção de Juno, certamente não teriam conseguido completar sua missão.

E depois de muitas peripécias, ao chegarem a Iolco, nem sabiam mais se o nome de Argonautas era justo. É verdade que ainda eram marinheiros e o barco ainda se chamava Argos. Mas tinha sido tão remendado e reconstruído, que todas as suas peças tinham sido trocadas. Não sobrara um único prego do navio original.

Só tinha uma coisa em comum com a embarcação que dali partira muito tempo antes: sua alma – se é que navios têm alma. Mas se ela existir, seguramente estará formada por aquilo que não se destruiu em toda a viagem: a tripulação e o nome do Argos. O espírito imortal de um barco que depois virou uma constelação e foi posto no céu.

Ainda foi preciso derrotar o rei usurpador – mas essa aventura vitoriosa foi apenas de Jasão e Medeia, não tem mais a ver com o conjunto dos Argonautas, que também seguiram seus destinos separadamente, cada um tendo suas próprias aventuras.

Jasão reinou um bom tempo em Iolco. Mais tarde, Medeia herdou o trono de Corinto – um dos reinos de Etes – e eles se mudaram para lá, onde também reinaram durante muitos anos de prosperidade.

Mas este não é um conto de fadas. Os dois se casaram, tiveram muitos filhos, herdaram tronos, viveram longas vidas. Só que não foram felizes para sempre. Suas histórias trágicas e movimentadas formam um dos mais fascinantes conjuntos existentes na mitologia grega. Assuntos para muitas narrativas, em muitas noites de viagem pelos sete mares.

A história grega dos Argonautas e de sua busca pelo Velocino de Ouro, da Europa à Ásia Menor, passando pelo norte da África, é uma das viagens marítimas mais lendárias da humanidade. Ramifica-se em vários outros relatos mitológicos e seus heróis se espalham numa rede de narrativas. É o tema de obras clássicas de Píndaro e de Apolônio de Rodes, prolonga-se em *Medeia*, a tragédia de Eurípides, e foi assunto recorrente em vários poemas pelos séculos afora, de autores atraídos pelos acontecimentos vividos pelos tripulantes do Argos. Até Caetano Veloso fez uma canção em sua homenagem. Um dos aspectos mais fascinantes do mito é o próprio barco, mágico e perfeito, sofrendo avarias de todo tipo pelo caminho e sempre reconstruído, igual a si mesmo, até que todas as suas peças são substituídas mas ele continua sendo o Argos, sintetizado num nome e em seu espírito.

## Autora e Obra

Ana Maria Machado é carioca, tem três filhos e mora no Rio de Janeiro, cidade que adora. Na vida de Ana Maria, os números são sempre generosos. São quase quarenta anos de carreira, mais de cem livros publicados no Brasil e em mais de dezessete países, somando mais de dezoito milhões de exemplares vendidos. Os prêmios conquistados ao longo da carreira de escritora também são muitos, tantos que ela já perdeu a conta. Tudo impressiona na vida dessa carioca nascida em Santa Tereza, em pleno dia 24 de dezembro.

A escritora vive viajando por todo o Brasil e pelo mundo inteiro para dar palestras e ajudar a estimular a leitura. Tem prática de falar com muita gente, afinal, depois de se formar em Letras, começou sua vida profissional como professora em colégios e faculdades. Também já foi jornalista e livreira. Desde muito antes disso, é pintora e já fez exposições no Brasil e no exterior.

Mas Ana Maria Machado ficou conhecida mesmo foi como escritora, tantos pelos livros voltados para adultos como por aqueles voltados para crianças e jovens. O sucesso é tanto que em 1993 ela se tornou *hors-concours* dos prêmios da Fundação Nacional do Livro Infantil e Juvenil (FNLIJ). Finalmente, a coroação. Em 2000, Ana Maria ganhou o prêmio Hans Christian Andersen, considerado o prêmio Nobel da literatura infantil mundial. E em 2001, a Academia Brasileira de Letras lhe deu o maior prêmio literário nacional, o Machado de Assis, pelo conjunto da obra.

Em 2003, Ana teve a imensa honra de ser eleita para ocupar a cadeira número 1 da Academia Brasileira de Letras. Pela primeira vez, um autor com uma obra significativa para o público infantil havia sido escolhido para a Academia. Já em 2010 ganhou na Holanda o prêmio Príncipe Claus, segundo o júri, para "premiar sua literatura notável, sua capacidade de abrir as fronteiras da realidade para jovens e comunicar valores humanos essenciais a mentes e corações impressionáveis".

Porém, a escritora garante que sua maior recompensa será, sempre, um leitor atento, que consiga entender bem suas histórias, onde quer que ele esteja. Porque ela acredita que essa é a grande magia do livro – aproximar pensamentos, ideias e emoções de pessoas que vivem distante, às vezes em épocas diferentes. Gente que nem se conhece e de repente fica como se fosse amiga por causa daquelas palavras escritas.

Saiba mais sobre Ana Maria Machado no *site* www.anamariamachado.com

## Ilustrador

Igor Machado começou a trabalhar como ilustrador recentemente. Além de atuar no campo da ilustração editorial, seu estúdio Mimo Corp & Co produz histórias em quadrinhos e animações. Contar histórias com imagens é o que mais o fascina.

Nascido no Rio de Janeiro, passou uma parte significativa de sua infância em Mimoso do Sul, uma pequena cidade no interior do Espírito Santo. Lá pôde entrar no mato, conhecer os insetos e outros bichos, andar descalço, subir em árvores e ver as estrelas. Como toda cidade de interior, todas as pessoas possuem histórias incríveis para contar e tudo que se faz é rodeado de memórias improváveis.

Desenha há mais tempo que anda, mas também gosta muito de ler livros, quadrinhos e conversar com desconhecidos. Hoje, dedica sua vida a construir seu sonho de produzir histórias e imagens e espalhá-las pelo mundo. O estúdio Mimo funciona como uma rede criativa que conta com artistas de distintas visões e começa aos poucos a se soltar no mundo. Para entrar em contato, o e-mail é manifestomimo@gmail.com.